낚시꾼 요나스

낚시꾼 요나스

라이너 침닉 글·그림 | 장혜경 옮김

큰나무

이 책은 (사촌 여동생)
푸스를 위해 썼다.

라이너 침닉이 〈낚시꾼 요나스〉에 붙이는 서문

우리는 죽마고우였다. 크게 덥지 않았던 어느 여름밤 뮌헨에서 우리는 나뭇잎이 무성한 밤나무 아래에 모여 맥주 잔을 앞에 두고 발로 흙을 파헤치면서 세상 돌아가는 이야기를 나누고 있었다. 여기서 우리라 함은 방송사 편집국 직원 한 명, 뉴스 앵커 한 명, 음악을 공부하는 대학생 한 명, 연극배우 지망생 한 명, 그리고 글을 쓰고 그림을 그렸던 나를 일컫는다. 이렇듯 뮌헨에서 자주 모여 맥주를 마시던 우리는 어느 날 함께 힘을 모아 창조적인 작품을 내놓자는 결심을 하게 되었다. "밝으면서도 풍자적인, 그러면서도 문학적인 냄새가 나는 그 무언가를 만들자!"

나는 이야기 한 편을 쓴 다음 그림을 그렸다. 음대생이 내용에 맞게 음악을 붙였고, 배우 지망생이 낭독을 했다. 그리하여 독일 TV 역사상 최초의 TV 이야기 〈낚시꾼 요나스〉가 탄생했다. 그리고 그 이야기를 바탕으로 책이 나왔을 때 우리는 모두 아주 기뻤다. 그 책이 50년이 지난 지금까지도 전 세계인의 사랑을 받고 있고, 프랑스와 스페인에서는 저학년용 교과서로 채택되었다고 하니 〈낚시꾼 요나스〉가 마침내 사랑하는 파리로 되돌아오기까지 향수병에 시달리면서 전 세계를 두루 돌아다닌 것이 그저 세상 사람들에게 큰 물고기 잡는 법을 알려 주려고 그랬던 것만은 아니라는 생각이 든다.

2002년

(서명)

"파리 이야기 하나 들려줘."

그녀가 내게 말했다.

"에펠 탑과 센 강이 나오는 이야기가 나는 제일 좋아."

(그녀는 지금 에펠 탑과 센 강이 그려진 실크 스카프를 하고 있다.)

좋아, 그러지. 한번도 파리에 가 본 적은 없지만. 옛날, 옛날에 말이야……

파리의 센 강변에선 언제나 낚시꾼들이 모여 앉아 낚시를 한대.

센 강은 푸르고 강변은 노랗지. 낚시꾼들은 목에 붉은 스카프를 두르고 있어. 파리의 태양이 낚시꾼들의 등에 어찌나 내리 쬐는지 낚시꾼들의 셔츠는 햇빛에 바래 방금 나온 신문처럼 희끄무레하게 변해 버리고 말아. 하지만 뭐니뭐니 해도 가장 중요한 건 역시 센 강변의 고요한 분위기야! 낚시꾼들은 시계를 센 강 속에 던져 버렸어. 센 강변에 있으면 시간이 멈추기 때문이지. 도시는 거대한 은빛 강물 속에 잠기고 물결과 낚싯줄의 실 사이에서 공화국이 시작되지.

파리의 낚시꾼들은 작은 물고기만 잡아. 그리고 아무하고도 잡은 물고기를 바꾸지 않아. 파리의 낚시꾼들은 말이야.

옛날 요나스라는 이름의 낚시꾼이 있었다.

요나스는 세상 그 무엇보다도 낚시를 좋아했다. 그리고 축축한 것이라면 뭐든 좋아했다. 강물도, 호수도, 비도, 지렁이도 좋아했고 무엇보다 물고기를 좋아했다.

또 요나스는 연기를 좋아했다. 증기선이 뿜어 내는 연기, 증기 기관차에서 솟구치는 연기, 수없이 많은 파리의 굴뚝에서 뿜어져 나오는 연기, 흑갈색의 무거운 시가에서 피어 오르는 연기를 좋아했다.

요나스는 훈제 물고기를 먹고 살았다. 그리고 그는 솜씨가 좋지도 나쁘지도 않은 그저 그런 낚시꾼이었다. 또 다들 그렇게 생각했다.

하지만 마음 깊은 곳에선 뭔지 모를 불만이 쌓여 있었다. 날마다 작은 물고기만 잡는 데 신물이 났던 것이다. 그래서 요나스는 혼자 중얼거리곤 했다. "큰 물고기, 큰 물고기를 잡아야 할 텐데."

"평생 한 번만이라도 정말로 큰 물고기를 잡아 보고 싶어. 그럼 만족할 텐데." 그는 그렇게 생각했다.

한 번만이라도 정말로 큰 물고기를 잡을 수 있다면 얼마 안 되는 전 재산이라도 내놓을 것이다. 하지만 요나스는 단 한 번도 큰 물고기를 잡아 보지 못했다. 단 한 번도.

가까이서 보면 요나스는 오렇게 생겼다.

밤나무에 꽃이 만발하면 센 강의 낚시꾼들은 노트르담 성당으로 낚시꾼 미사를 드리러 간다. 파리의 대주교는 축제를 맞이하여 낚시꾼이었던 성 베드로의 이야기를 주제로 설교를 한다. 낚시꾼들은 태양과 공기와 물을 주신 신께 감사를 드린다.

그 많은 낚시꾼들 중 유독 요나스에게만은 특별한 소망이 있었다. "한 번만 큰 물고기를 잡도록 해 주십시오. 단 한 번만." 요나스는 기도했다. "신이시여, 당신이시라면 그렇게 해 주는 것이 누워서 떡 먹기보다 쉬운 일일 겁니다. 세상의 바다와 호수와 강이 모두 당신의 것이니까요. 그러니 단 한 번만이라도 큰 물고기를 잡게 해 주십시오."

　　미사가 끝나고 파리의 대주교는 낚시꾼들의 지렁이와 낚싯대에 축복을 내려 준다. 그런 다음 낚시꾼들은 코냑을 한 잔씩 나눠 마신다. 나이가 지긋한 낚시꾼들은 두 잔을 마신다. 그리고 모두들 차분한 걸음걸이로 센 강으로 내려가 다시 낚시를 시작한다.

신께서는 매일 밤
파리로 '작은 생각'들을
내려보내 주신다.

바다에서 바람이 불어와 에펠 탑의 강철 뼈대가 노래를 하던
따스한 어느 봄날 밤 다시 한 번 '작은 생각' 셋이서 파리의 지붕
위를 날아다니고 있었다.

첫 번째 '작은 생각' 은 화가 피에르에게로 달려갔다. 피에르는
팔레트에 물감을 섞다가 빵 모자를 뒤로 젖히더니 초록색 앵무새
를 손에 든 백인 여자를 그리기 시작했다.
　그는 아주 기뻤다.

두 번째 '작은 생각'은 시인 자크의 차지였다. 자크는 한번 더 헛기침을 하더니 펜이 잘 써지나 긁적거려 본 후『거미의 역사』라는 제목을 쓰고는 유명해지기 시작했다.

그도 역시 매우 기뻐했다.

　세 번째 '작은 생각'은 — 누가 그러리라 예상했겠는가 — 낚시
꾼 요나스한테로 달려갔다. 그래서 이런 일이 벌어졌다.

　요나스는 낚시꾼 거리에 있는 늙은 라 콘세르쉬 두퐁 마담의 집
4층 다락방에 살고 있었다. 그날 밤 요나스는 큰 물고기 꿈을 꾸면
서 잠을 자고 있었다.

　정확히 새벽 2시였다.

　'작은 생각'이 그의 다락방으로 미끄러져 들어오더니 침대 머리
맡에 앉아 소리쳤다. "이봐, 요나스. 물고기는 무얼 먹고 살지?"

"제기랄, 나는 가난한 낚시꾼이고 방금 큰 물고기를 잡는 꿈을 꾸고 있었어. 날 좀 가만히 내버려 둬." 요나스는 잠에 취해 이렇게 중얼거렸지만 그래도 질문에 대답은 했다. "뭘 먹고 살긴 뭘 먹고 살아, 지렁이를 먹고 살지."

"그래 맞았어. 지렁이를 먹고 살지." 작은 생각이 속삭였다. "그럼, 큰 물고기는?"

"큰 지렁이를 먹고 살지." 요나스가 퉁명스럽게 대답했다.

"그렇다면 정말로 큰 물고기는?"

"글쎄, 내 생각에는 뱀을 먹을 것 같은데."

"요나스, 물 속엔 뱀이 살지 않아." 작은 생각이 속삭였다.

"뱀장어가 있잖아. 뱀하고 비슷하니까." 요나스가 말했다.

"히히." 작은 생각이 킥킥거렸다. "바보, 뱀장어는 물고기야." 작은 생각이 이렇게 속삭이더니 셀로판 날개를 흔들며 작별 인사를 던지고는 밤 하늘로 날아가 버렸다.

순간 요나스는 정신이 번쩍 들었다. "맞아. 큰 물고기는 작은 물고기를 먹고 살지."

"알았어, 드디어 알아냈어!" 요나스가 기뻐 소리를 질렀다. 너무 기쁜 나머지 한쪽 다리를 들고 방 안을 폴짝폴짝 뛰어다녔다. 그리고는 낚싯줄에 의자를 매달아 창 밖으로 던진 다음 다시 휙 낚아 올렸다. "정말 훌륭한 낚싯줄이야, 요나스. 이 정도면 큰 물고기 무게도 견딜 수 있을 거야." 요나스는 신이 나서 혼자 중얼거렸다.

온화한 밤이 아직 검푸른 빛으로 갈색 합각 지붕들 사이에 걸려 있는데도 요나스와 요나스의 나무구두는 축축한 돌을 지나 센 강변으로 내려가고 있었다.

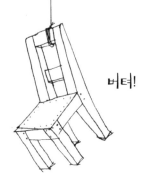

버텨!

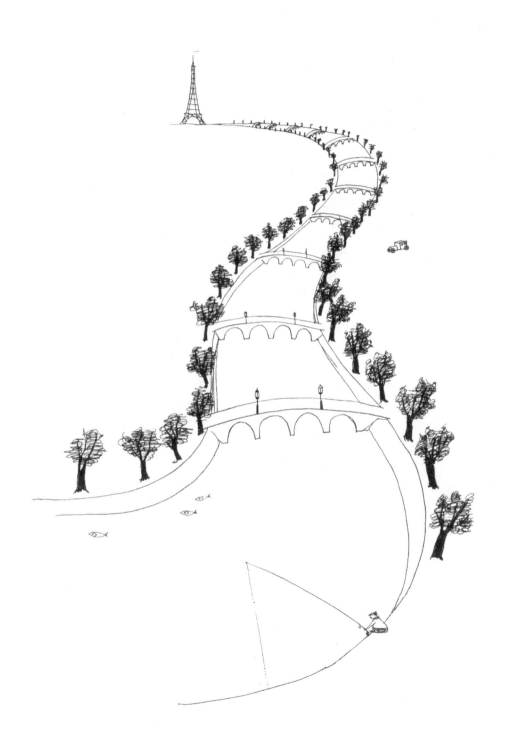

아침이 센 강에서 솟구쳐 올랐을 때 요나스는 "안녕." 하고 아침에게 인사를 건넸다. 하지만 오늘 그는 지렁이 대신 정어리를 낚싯바늘에 끼웠다.

그리고는 물가에 앉아 낚싯대를 쥐고 큰 물고기가 잡히기를 학수고대하고 있었다. 30분쯤 지나자 물고기 한 마리가 다가왔다. 물고기는 정어리가 신선한지 살펴보려고 냄새를 킁킁 맡아 보더니 정어리를 낚싯바늘과 함께 꿀꺽 삼켰다. 물고기는 낚싯줄에 대롱대롱 매달려 있었다.

그러자 낚싯줄에 매달려 있는 물고기보다 더 큰 물고기가 다가왔다. 그리고는 물고기가 신선한지 냄새를 맡아보더니 잡아먹어 버렸다. 그 다음에는 그 물고기보다 더 큰 물고기가 다가왔다. 그리고 방금 다른 물고기를 잡아먹은 그 물고기를 잡아먹었다.

그 다음에는 정말로 큰 물고기가 다가왔다.

　해가 뜨고 낚시꾼들이 몰려왔을 때 요나스의 낚싯줄에는 돼지만 한 큰 물고기가 걸려 있었다.

　요나스는 너무 기뻐 말도 나오지 않았고 무릎까지 후들후들 떨렸다. 센 강의 낚시꾼들은 숨을 쉴 수가 없었다. 지금까지 아무도 그렇게 큰 물고기를 본 적이 없었기 때문이었다.

몇 사람이 쑤군거렸다. "돼지만큼 커. 살찐 돼지만큼 커." 갑자기
요나스가 있는 힘을 다해 외쳤다.
"야~호. 물고기가 돼지만큼 크다. 야~호!"

낚시꾼 거리에 있는 늙은 라 콘세르쥐 두퐁 마담의 4층 다락방으
로 돌아온 요나스는 침대 위에 걸터 앉았다. 그리고 시가에 불을
붙인 다음 물고기를 관찰했다.

"돼지만한 물고기야." 요나스는 자기 어깨를 툭툭 치면서 말했다. "요나스, 낚시꾼 생활을 시작한 이후 최고의 날이야."

그는 가끔씩 눈을 감았다가 다시 뜨면서 물고기가 정말 상상했던 그 모습 그대로인지 다시 한 번 확인했다. 파리의 태양이 지붕들 위로 기어올라 오더니 두 시간 동안 요나스의 다락방에 머물렀다. 그동안 요나스는 묵묵히 물고기를 관찰했다. 저녁이 되어 달이 그의 어깨 위에서 눈을 깜박여도 요나스는 여전히 침대에 앉아 물고기를 관찰했다. "이젠 매끈한 은처럼 보여, 정말 돼지만큼 크군." 요나스가 중얼거렸다.

다음날 낚시꾼들은 굉장히 화가 나서 떼지어 모여들었다. "우리
들은 낚시 그 자체가 목적이지만 요나스는 큰 물고기를 잡으려고
낚시를 해. 이렇게 가다간 그가 센 강의 물고기를 모조리 다 잡아
버릴 거야." 낚시꾼들이 불만을 터트렸다.

그런 다음 낚시꾼들은 몸에 물고기를 매달고, 어깨에 낚싯대를 걸친 채 에펠 탑으로 떼지어 몰려갔다. 파리에서 사람이 가장 많이 모이는 곳이 바로 그곳이기 때문이다.

에펠 탑에 도착하자 낚시꾼들은 그들의 말을 듣고 싶어하는 사람들은 물론, 그들의 말을 듣고 싶어하지 않는 사람들을 향해서도 이렇게 외쳤다. "무슈 요나스, 그 나쁜 놈이 센 강의 물고기란 물고기는 모조리 잡아 버릴 겁니다."

"파리 시민들이여, 이제 일요일에 미사에 참석하려고 아이들 손을 잡고 센 강변을 거닐어도 낚시꾼은 구경도 못하게 될 겁니다."

이렇게 외치면서 낚싯대를 격렬하게 공중으로 휘둘렀기 때문에 모든 파리 시민들도 따라서 흥분했다.

점점 시간이 흐르면서 더 많은 사람들이 에펠 탑으로 모여들었다. 그리고 얼마 안 가서 온 도시의 사람들이 그 주변으로 몰려들어 서로 앞으로 가려고 밀고 당기고 야단이었다.

"물고기를 살리자! 물고기를 살리자!" 동물보호협회에서 나온 여성들이 새된 목소리로 외쳤다. 양봉꾼들과 토끼를 키우는 사람들도 똑같이 외쳤다. 어느새 모두들 합창을 했다. "센 강을 살리자! 센 강을 살리자!"

마지막으로 우유 가게 주인들까지 대열에 동참하자 파리의 모든 시민들이 한 목소리로 부르짖었다. "우리의 센을 돌려받고 싶다. 우리에게 센을 돌려달라!"

낚시꾼들은 낚싯대로 포장도로를 '쾅쾅' 내리치면서 이렇게 요구했다. "요나스를 체포하라. 요나스를 체포하라, 체포하라!"

    국내 치안을 담당하고 있는 내무부 장관이 사람들을 진정시키기 위해 12개의 군용차에 무기를 든 군인들을 태워 에펠 탑으로 보냈다.

    군인들이 사람들에게 말했다. "시민 여러분, 조용히 하세요. 질서를 지킵시다." 하지만 아무도 듣지 않았다.

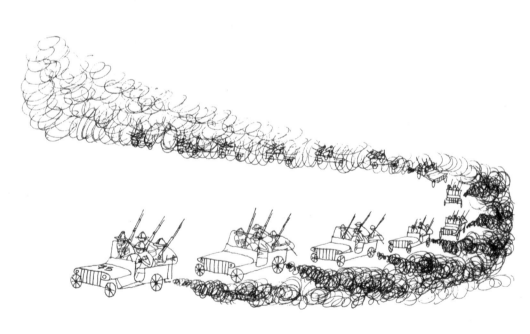

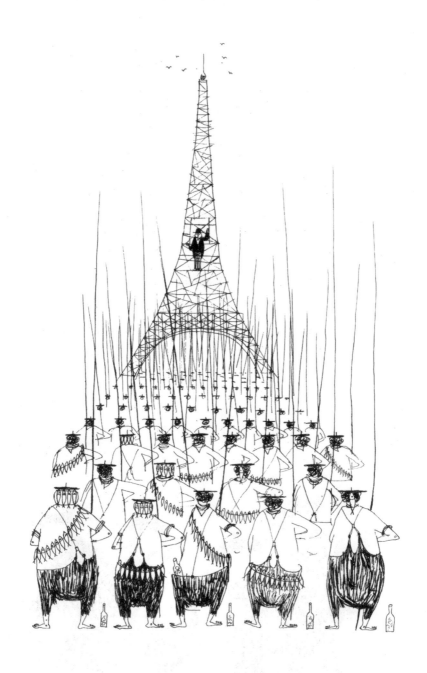

결국 수상이 직접 나설 수밖에 없었다. 수상은 에펠 탑 위로 기
어올라가 한바탕 연설을 늘어놓았다.

"낚시꾼 여러분!" 이렇게 서두를 뗀 장관은 일단 침을 한번 꿀꺽 삼킨 후 발끝으로 서서 말을 이었다.

　"프랑스 국민 여러분! 프랑스가 없다면 유럽은 어떻게 되겠습니까?
　파리가 없다면 프랑스는 어떻게 되겠습니까?
　센이 없다면 파리는 어떻게 되겠습니까?
　다시 여러분께 묻겠습니다. 낚시꾼들이 없다면 센이 어떻게 되겠습니까?"

그 말이 파리 시민들의 마음에 감동을 일으켰다.

"수상 만세! 수상 만세!" 모두들 소리높여 외쳤다.

사람들은 큰 소음을 일으켰다는 사실에 기뻐했고, 그 사실에 기뻐하면서 더 큰 소음을 일으켰다.

수상이 다시 말 문을 열었다. "여러분, 진정하십시오. 그렇기 때문에 나는 무슈 요나스의 낚시를 금지해야 한다는 법안을 제출했습니다."

연설이 끝났다. 그후로도 사람들은 한동안 환호성을 질렀다. 수상은 에펠 탑에서 기어 내려와 사무실로 달려갔다. 파리 시민들은 다시 안도의 한숨을 내쉬며 집으로 뿔뿔이 흩어졌다. 낚시꾼들은 차분한 걸음걸이로 센 강으로 내려가 다시 낚시를 시작했다.

요나스는 세 명의 하사관에게 체포되어 감옥으로 끌려갔다.

감옥에 있으니 심한 고독이 밀려왔다. 하지만 그는 고독을 사랑하는 사람이기에 슬프지는 않았다. 창문의 쇠창살 사이로 얼굴을 들이밀고 밖을 살펴 보았지만 거리와 논밭밖에 안 보였다. 어디에도 호수는 없었다. 어디에도 강물은 없었다.

낚시꾼 거리에 있는 늙은 두퐁 마담의 집 4층에 있는 그의 다락방이 절로 떠올랐다. 다락방에서는 늘 센 강이 보였다. 정오에는 햇살을 받아 반짝였고, 아침이면 물안개가 피어 올랐으며, 저녁이면 마르키 드 보르고뉴 공원의 회색 백조처럼 센 강이 천천히 헤엄을 쳤다.

이렇게 센 강이 떠오를 때마다 요나스의 마음은 슬퍼졌다.

그래서 요나스는 감옥 안에 있는 물병을 들어 손바닥에 물을 따랐다. 그리고 그 은빛 물방울들이 그의 손바닥에서 미끄러져 물병 속으로 떨어지는 소리를 듣자 슬픈 마음이 싹 가셨다.

8시가 되자 요나스는 판사들에게로 끌려갔다. 판사들은 진지한 표정의 얼굴에 안경을 끼고 있었고, 검은 법복을 입고 있었다. 그들은 요나스가 좋은 사람인지 나쁜 사람인지를 알아보기 위해 28가지 질문을 던졌다. 그리고 요나스가 좋은 사람이라는 것을 알게 되자 감옥에서 풀어 주었다.

그러면서 요나스에게 이런 충고를 잊지 않았다. "무슈 요나스, 계속 파리에 사는 건 당신에게 좋지 않소. 다른 나라로 떠나는 것이 좋을 거요."

"뭐라고 하셨습니까? 왜 그래야 하죠?" 요나스가 물었다.

"낚시꾼들이 당신 때문에 무척 화가 나 있소. 당신이 큰 물고기를 잡았기 때문이오. 돼지만큼이나 큰 물고기를 잡았기 때문이오."

"큰 물고기를 잡는 게 범법 행위인가요?"

판사들이 말했다. "흠 …… 에 …… 그러니까 큰 물고기를 잡는 걸 금지한다는 법 조항은 당연히 없소. 하지만 센 강에서는 아무도 큰 물고기를 잡지 않소. 정말 그렇지."
판사들은 아주 친절한 사람들이었다. 자신들의 주머니를 뒤져 요나스에게 여행 경비로 쓰라고 4,280 프랑을 내 주었다.

요나스는 멀리 여행을 떠나기로 결심했다. 하지만 출발하기 전에 다시 한 번 낚시꾼 거리에 있는 늙은 두퐁 마담네 집 다락방으로 몰래 기어 올라갔다.

요나스는 창가로 다가가 센 강을 바라보았다.

"아, 이제 널 한참 동안 못 보겠지." 요나스는 센 강에게 말했다.
"난 길을 떠나야 해. 하지만 널 잊지 않을 거야."

　요나스는 짐꾸러미 속에 시가를 꾸려 넣고 자전거 등을 닦았다.
가로등을 끄는 사람이 오기 전에, 우유를 실은 차가 거리를 덜커덩
거리며 달리기 전에 그는 도시를 떠났다.

요나스는 계속 앞으로만 달려가면서 모든 것을 꼼꼼하게 관찰했다. 그래서 4대의 기관차를 보았고, 한 대의 증기 롤러를 보았으며, 두 마리의 다람쥐를 보았다.

호숫가에서는 낚시를 했고, 작은 시내에서는 게를 잡았다. 비가 내리자 그는 밭고랑을 걸어다니며 지렁이를 한 마리 두 마리 모으기 시작했다.

12일이 지나자 요나스는 바닷가에 도착했다.

바다는 넓었고, 끝이 보이지 않았다.

가도 가도 바다는 끝날 줄을 모르는군!

바다 속에 물고기가 왜이리도 많은지.

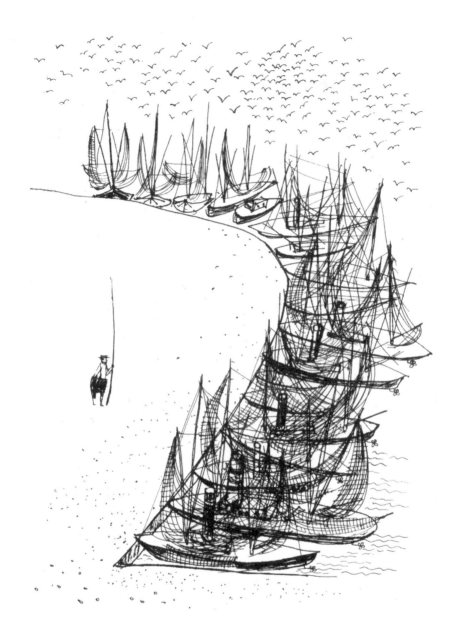

항구에 도착한 요나스는 생각했다. "와, 항구네!" 그리고 배의
숫자를 세어 보았다. 갈매기 숫자도 배 못지 않게 많았다.

바다에선 어부들이 큰 그물로 물고기를 잡았다. 요나스가 10년
동안 낚시를 해도 다 못 잡을 만큼 많은 물고기를 그들은 하루만에
잡았다. 하지만 아무리 눈을 씻고 찾아 봐도 돼지만큼 큰 물고기는
없었다.

요나스가 어부들에게 물었다.

"돼지만큼 큰 물고기를 잡을 수 있나요?"

어부들이 대답했다.

"아니요, 그렇게 큰 물고기를 잡으면 그물이 찢어져요."

"흠." 요나스가 잠시 고민하더니 선장한테로 갔다.

"선장님." 요나스가 선장에게 말했다. "전 황소만큼 큰 물고기를 잡을 수 있는 방법을 알고 있습니다. 정어리 통조림 한 깡통하고 튼튼한 밧줄 하나만 있으면 됩니다."

"뭐? 밧줄, 물고기, 정어리가 뭐 어쨌다고? 황소만큼 커?" 선장이 더듬거렸다. "천천히 말해 보시오. 천천히 다시 한 번."
요나스는 천천히 다시 한 번 말했다.

"음, 한번 믿어 본다고 손해 날 거야 없지." 선장이 퉁명스럽게 말했다. 선장은 피고 있던 시가를 어금니 쪽으로 밀어 넣고는 이렇게 말했다. "그게 사실이라면 보상은 충분히 하리다."

다음날 아침 보트들이 전속력으로 바다를 향해 달려나갔다. 보트마다 10명의 선원이 타고 있었고, 갑판에는 정어리 통조림 한 통이 놓여 있었다.

보트들은 하루 종일 큰 바다에서 고기를 잡았다.

　태양이 중간 정도의 높이까지 오르자 보트마다 돼지만큼 무거운
물고기 한 마리씩을 낚싯줄에 매달고 있었다.

정오가 되어 태양이 하늘 꼭대기에 도달하자 보트마다 황소만큼 큰 물고기를 한 마리씩을 낚싯줄에 매달고 있었다.

　오후가 되어 태양이 다시 절반 정도의 높이로 내려왔을 때는 보트마다 그보다 더 큰 물고기를 한 마리씩 밧줄에 매달고 있었다.

　저녁이 되어 태양이 지평선에 걸리자 어부들은 보트를 서로서로 잡아매었고, 모터는 쿵쾅거리며 신음소리를 냈다. 증기선만큼 큰 물고기 한 마리를 끌고 가고 있는 중이었다.

　　선원들이 증기선만큼 큰 물고기를 가져오자 선장은 기뻐 어쩔
줄을 몰랐다. 그리고 책상 서랍에서 5만 프랑이 든 자루 하나를 꺼
내 요나스에게 주었다. 요나스가 돈을 안 받겠다고 하자 선장은 이
렇게 말했다. "요나스, 돈을 받으시오. 정직하게 번 돈이라오."

　　요나스는 밤새도록 기쁨과 흥분으로 잠을 이루지 못했다. 그는
구두쇠가 아니었기 때문에 이 돈으로 '뭘 할까' 고민했다. "5만 프

랑이면 중고 자동차를 한 대 사서 세계 일주도 할 수 있어." 요나스
는 혼자서 계속 같은 말만 반복했다. 하지만 한 번도 낚시꾼이 자
동차를 타고 가는 걸 본 적이 없어서 어떤 자동차를 사야 할지 고
민이었다.

아침이 되자 요나스는 목에 두른 스카프 색깔과 잘 어울리는 빨
간 자동차를 사기로 결심했다. 클랙션은 노란색이고 모터에 크랭
크가 달린 자동차가 갖고 싶었다.

요나스는 그런 차를 사기 위해 한참을 찾아다니며 수소문했다.
그러던 어느 날 나이가 지긋한 노신사 한 분이 오더니 그를 넓은
판잣집으로 데려갔다.

그곳에는 새차처럼 깨끗하고 왁스를 칠해 광을 낸 빨간 자동차
가 서 있었다.

"아주 튼튼한 중고 자동차라네." 노신사가 말했다. "빨간색 라카 칠을 했고 클랙슨은 노란색이며 모터에는 크랭크가 달려 있어. 문 손잡이는 순 황동이지. 지난 50년 간 매일 닦고 월요일마다 기름을 쳤다네. 이젠 자네 거야. 늘 세계 일주를 해 보고 싶었는데 자네가 내 소원을 이루어 주게나." 노신사가 말했다.

그래서 낚시꾼 요나스는 순 황동 손잡이가 달린 빨간 자동차의 주인이 되었다. 그러나 멜빵바지 차림으로 세계 일주를 할 수 없는 노릇이라 흰색 아마포로 만든 재킷도 한 벌 샀다.

　그리고 모터에 달린 크랭크를 돌리고 경적을 두 번 울린 다음 세
계 일주를 시작했다.

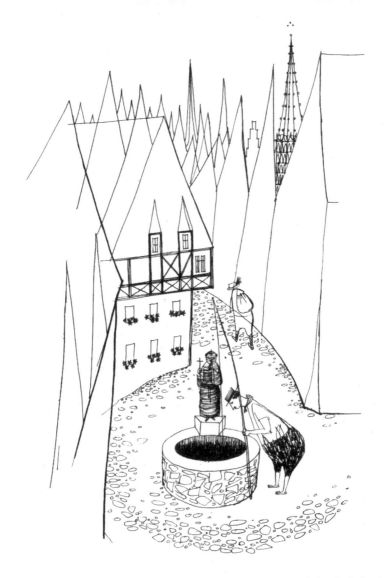

맨 처음으로 간 곳은 바이에른이었다. 그곳 도나우 강변의 작은 도시에 있는 시장 광장에 기적의 샘물이 있는 데 그 안에 황금 비늘이 달린 작은 물고기들이 살고 있다는 소문을 들었기 때문이었다. 샘 아래 깊은 곳에서 무언가 반짝이는 것을 보긴 했지만 낚싯줄에 걸려 올라온 건 녹슨 못 몇 개뿐이었다. 한번은 철로 만들어진 등이 딸려 올라오기도 했다. "저 아래에 숨어 있어요, 절대 빛 가까이 다가오는 법이 없지요." 사람들이 말했다.

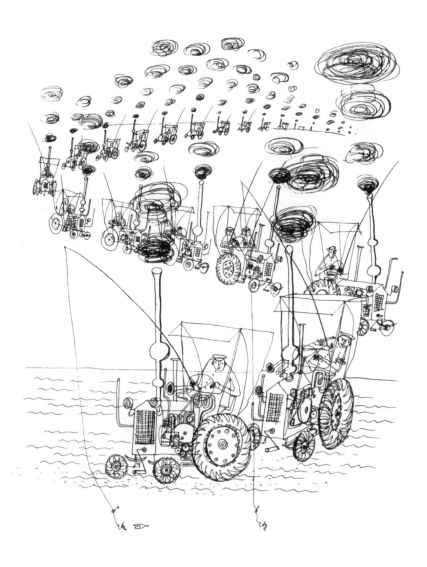

비스와 강*변에서는 사람들이 트랙터를 타고 낚시를 하러 간다.
하지만 물고기들은 트랙터 소리만 들리면 도망쳐 버리고 만다.

*영어로는 비스툴라 강(Vistula R.), 독일어로는 바이크셀 강(Weichsel R.), 러시아어로는 비슬라 강
(Visla R.)이라고 한다. 총길이 1,068km. 유역면적 19만 8,510km. 슬로바키아와의 국경을 이루고 있는
카르파티아 산맥에서 발원하여, 크라쿠프·바르샤바 등을 지나 그단스크(단치히) 부근에서 삼각주를
형성하고 발트 해로 흘러들어 가는데, 수많은 지류가 전국의 물을 모아들이고 있다. 바르샤바 부근에
서부터 하류는 배로 화물을 나르는 큰 역할을 하고 있으며, 운하에 의해 오데르 강과 연결되어 있다.
슐레지엔 지방의 석탄·목재 수송에도 이용된다. – 역주

볼가 강에서는 해가 지면 고기를 잡지 않는다. 고기를 잡지 않을
때면 어부들은 아코디언으로 볼가 강 어부의 노래를 연주한다.

베네치아에선 창문에 서서 낚시를 할 수 있다. 물고기들이 도로
를 이리저리 헤엄쳐 다니니까.

마드리드의 투우사들은 투우를 하기 전에 늘 마음이 불안하다.
요나스가 같이 낚시를 해 주었더니 투우사들의 마음이 편해졌다.

요나스는 전유럽의 낚시꾼들에게 큰 물고기 잡는 법을 가르쳐 주었다. 그래서 어디를 가나 환영을 받았다. 전세계에 낚시꾼 언어가 보급되자 어느 나라를 가도 의사 소통을 할 수 있게 되었다. 가는 항구마다 선장들이 가르침을 준 대가로 요나스에게 많은 돈을 주었다.

어느 날 아침 요나스는 혼자 중얼거렸다. "생각해 보니 유럽에선 낚시를 안 해 본 곳이 없구나. 미국에선 어떤 물고기를 잡는지 궁금한걸."

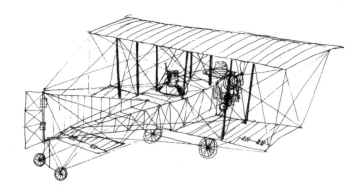

아침을 먹은 후 요나스는 리사본으로 가서 튼튼한 유럽식 복엽 비행기를 한 대 샀다. 버팀줄로 고정시킨 비행기를 타고 하늘을 날면 귓가로 바람이 윙윙거리고 태양이나 구름이 곁에 있는 것처럼 느껴지는 작은 비행기였다.

바람이 잔잔한 어느 날 요나스는 물고기를 몸에 두르고 유럽과 작별을 고한 후 태평양을 건너 미국으로 날아갔다.

빨간 자동차는 배편으로 부쳤다.

제일 먼저 도착한 곳은 뉴욕이었다. 뉴욕은 크고 무척 바빴다.

　세상에서 제일 큰 배들이 정박해 있는 뉴욕 항구 앞에는 자유의
여신상이 서 있었다. 유럽 사람들이 80년 전에 미국 사람들에게 선
물했다고 하는데 탑만큼이나 키가 컸다. 자유의 여신상은 철로 만
들어졌다. 목 부분은 벌써 약간 녹이 쓸었지만 다른 곳은 멀쩡했고
피뢰침도 탈없이 작동하고 있었다. 안은 텅 비었고 걸어 올라갈 수
있는 계단이 맨 꼭대기까지 나 있었다.

　요나스와 그의 뉴욕 친구들은 철의 여인 뱃속으로 올라가 4층에
서 낚시를 했다.

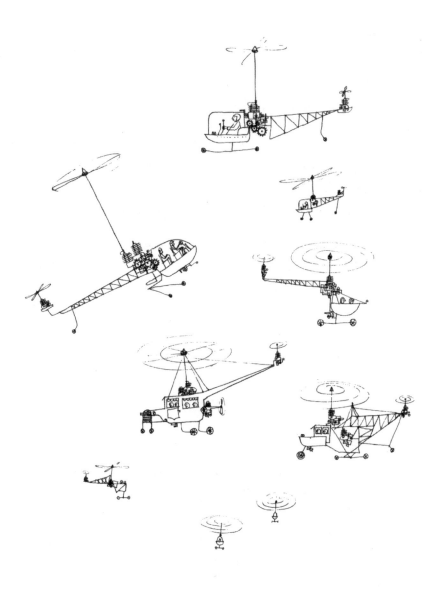

미국은 헬리콥터의 나라이기도 했다. 고층 건물 위로 계속해서
헬리콥터들이 시끄럽게 날아다녔다.

샌프란시스코에서 요나스는 명예 시민증을 받았고, 그 대도시의
골든 북에 자기 이름을 써 넣었다. 하늘색 목욕 가운을 걸친 미의
여왕이 총총걸음으로 걸어와 요나스에게 장미꽃 다발을 건네 주고
입술에 키스를 해 주었다.

"여기 샌프란시스코에서 당신을 보게 되어 정말 기쁩니다." 미
의 여왕이 속삭였고 요나스는 더듬더듬 대답했다. "너무나 영광입
니다. 마드무아젤, 너무나 영광입니다." 그러면서 요나스는 모니
크를 생각했다.

모니크는 그를 사랑했고 젊은 시절 그와 결혼하고 싶어했다. 검은 눈동자의 모니크는 장미꽃을 무척 좋아했다. 특히 검붉은 장미꽃을 좋아했다. "2년 후 그녀는 나를 떠났지. 센 강 때문이었어. 참고 기다리지 못했기 때문에." 요나스는 생각했다.

"당신은 날 사랑하지 않아요." 그녀는 떠나면서 그렇게 말했다. "당신은 센 강만을 사랑해요. 그렇다고 내가 물고기로 변해 센 강에서 헤엄을 칠 수는 없잖아요."

"그녀는 인내심이 없었어. 나는 계속 낚시를 했지. 좋지도 나쁘지도 않은 그저 그런 솜씨로. 뭐니뭐니해도 제일 중요한 건 센 강변의 고요한 분위기지."

샌프란시스코 시장은 모든 군함을 바다로 내보내 요나스 식으로 큰 물고기를 잡아오라고 시켰다.

그 다음으로는 카우보이들이 요나스를 찾아왔다.

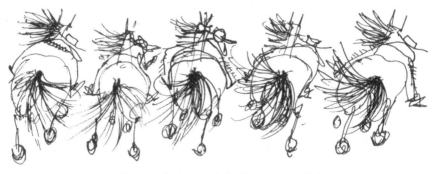

지금 5명의 카우보이가 경주를 하고 있다.

카우보이들은 펠트 모자를 쓰고 일주일에 한 번 면도를 한다. 인디언들이 죽어 버린 후에는 코요테한테만 권총을 쏘고 있다. 권총이 없는 카우보이도 있다. 하지만 말 타는 솜씨만은 최고다. 밧줄던지는 솜씨도 두말 할 것 없다. 황소를 잡을 때는 말을 타고 달리면서 밧줄을 던진다.

카우보이들은 소고기를 먹고 산다. 항상 소고기만 먹기 때문에 일요일에도 소고기를 먹는다. 그래서 요나스는 그들에게 훈제 물고기 만드는 법을 가르쳐 줬다.

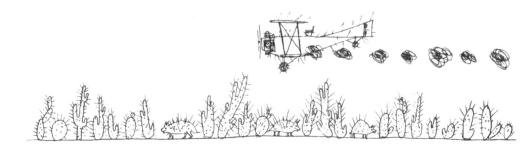

　　요나스가 멕시코의 선인장 사막 위를 날아가고 있는 도중에 갑자기 비행기가 털털거리기 시작했다.

　　요나스는 신께 기도를 드렸다.
　　"신이시여, 불행하게도 저는 지금 멕시코의 선인장 사막 위를 나르고 있고, 비행기 엔진은 털털거리기 시작합니다. 아시겠지만 저는 누구한테도 나쁜 짓을 한 적이 없습니다. 평생 낚시만 하고 살았습니다. 그러니 부디 불시착만은 하지 않게 해 주십시오."

　　기도 덕분이었는지 요나스는 불시착을 면했다. 땅에 내려온 요나스는 브라질의 우림을 지나 달렸다.

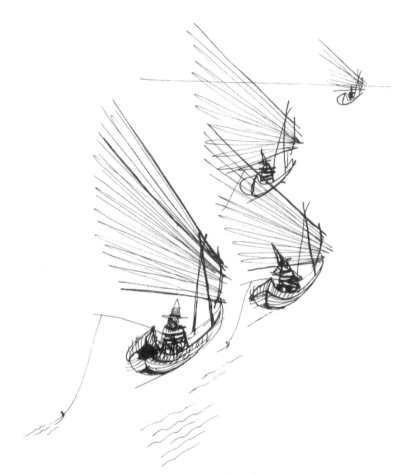

그것은 피티카카 호수의 갈대 길이다.
라마 떼를 보니 모니크와 파리의 처녀들이
절로 떠올랐다.

그 후 오나스는 인도로 갔다.

지금 요나스는 중국으로 달려가고 있다.

중국에 도착하자마자 타이어 2개가 펑크가 났지만 고무 접착제를 살 수가 없었다. 하지만 중국 사람들은 손님에게 친절한 민족인지라 요나스에게 나무 짐마차의 큰 바퀴 4개를 빼 주었다. 큰 바퀴 4개였다. 이 바퀴들은 쇠장식을 달았고 기관차 바퀴만큼이나 튼튼했다. 그래서 요나스는 빨간 자동차에 노란색의 커다란 나무 바퀴를 달고 중국을 여행했다.

이젠 길에 못이 떨어져 있을까 봐 걱정할 필요가 없었다. 유리 조각이 흩어져 있어도 지나갈 수 있었다.

중국인들은 아이를 많이 낳았다. 그리고 중국에선 빵 값이 비쌌다. 무슈 요나스가 중국에 머무는 동안 그가 큰 물고기 잡는 법을 알고 있다는 소문이 돌자 도시와 마을의 낚시꾼들이 요나스에게 몰려왔다.

"우리 솥에 꼭 맞게 들어갈 큰 물고기가 필요합니다. 10~12파운드 정도의 물고기면 좋겠습니다." 중국인들이 말했다.

요나스는 그들에게 큰 물고기 즉, 살이 많은 물고기를 잡는 법을 가르쳐 주었다. 요나스는 인내심이 강한 사람이었다. 그래서 한 사람 한 사람에게 일일이 방법을 가르쳐 주다 보니 그 숫자가 1,200명이나 되었다. 모두들 12파운드짜리 물고기를 끌고 집으로 돌아갔고, 그후 중국의 모든 도시와 마을에서는 물고기 요리 냄새가 진동을 했다.

　다음 일요일 아침 중국의 낚시꾼들은 물고기를 몸에 두르고 요나스가 묵고 있는 여관 앞에 모여들었다.

　그리고 노래를 부르더니 이렇게 외쳤다.
"무슈 요나스, 발코니로 나와 보세요!"

　요나스가 발코니로 나가니 최고 연장자가 그에게 말했다. "당신을 왕께 데려가기로 결심했습니다." 모두가 낚싯대로 북을 치면서 소리쳤다.
"낚시꾼의 왕 만세!"

　얼마 후 중국의 황제가
요나스를 초대했다.

중국 황제는 아주 친절한 사람이었다. 황제는 낚시꾼의 왕과 이야기할 수 있게 되어 영광이라고 말했다. 두 사람은 진한 홍차를 마셨고, 황제의 황금 물고기 저수지에서 함께 낚시를 했다. 요나스는 센 강변의 낚시꾼들 이야기를 들려 주었다. 그런 다음 낚시꾼 거리에 살고 있는 늙은 두퐁 마담에게 엽서 한 장을 썼고, 중국 황제는 금박을 입힌 샤프 펜슬로 이런 글을 덧붙였다.

중국의 황제가 안부를 전하오.

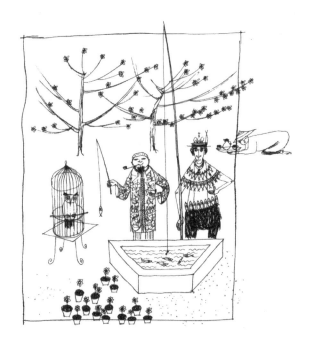

물론! 요나스는 중국의 황하 강에서도 낚시를 했다.

그린란드에선 온 세상이 하얗다. 이건 내가 그린 북극곰 3마리다.

그린란드에 도착하니 요나스의 튼튼한 유럽식 비행기도 그만 엔진이 얼어 버렸다. 그래서 요나스는 봄이 올 때까지 기다리는 수밖에 없었다. 하지만 그린란드에선 겨울이 여름보다 세 배나 길기 때문에 여섯 달을 꼼짝없이 기다렸다.

에스키모들은 물개를 잡아먹고 산다. 창에 긴 밧줄을 묶고 꽁꽁 얼어 붙은 바다 위에 나 있는 물개의 숨구멍을 찾아 그 옆에서 하루 종일 숨을 죽인 채 기다린다.

요나스가 에스키모들에게 물었다. "물고기를 어떻게 잡나요?"

"모두 창으로 잡아요." 에스키모들이 대답했다. "얼음에 구멍을 낸 다음 미끼를 던져 놓고 창을 들고 큰 물고기가 올 때까지 기다리는 거지요. 하지만 겨울 내내 큰 물고기를 한 마리도 못 잡는 경우도 많답니다." 에스키모들이 투덜거렸다. "이런 곳에서 물고기를 잡는다는 건 정말 힘든 일이지요. 물고기를 잡다가 팔이 뻣뻣해진 사람들도 많다니까요."

그러자 요나스는 그들에게 큰 물고기를 어떻게 수월하게 잡을 수 있는지 가르쳐 주었다. 에스키모들은 당장 시험해 보았다.

그런 다음 요나스는 아프리카로 건너갔다.

그림 1. 전쟁춤을 추고 있는 아프리카 원주민들.

그림 2. 북을 치는 원주민들.

그림 3. 기장을 갈고 있는 원주민 여성들.

아프리카는 노랗고 검푸르고 검다(노란 것은 모래요, 검푸른 것은 우림이며, 검은 것은 원주민들이다).

강가로 가자면 우림을 뚫고 지나가는 수밖에 없었다. 요나스는 마차 바퀴만큼이나 큰 꽃도 보았고 비둘기만큼이나 큰 나비도 보았으며 노란 원숭이도 보았다. 하지만 너무 덥고 습기가 많아 셔츠와 바지가 몸에 찰싹 달라붙었다. 공기는 증기처럼 두터웠고 뱀에게 물릴까 봐 항상 조심해야 했다.

"세상에, 파리의 센 강변은 셔츠와 바지가 몸에 찰싹 달라붙을 정도로 더워 본 적이 없어. 공기도 이렇게 증기처럼 두텁지 않아."

하지만 강가에 도착하자 항상 꿈꾸어 왔던 물고기보다 훨씬 더 아름다운 물고기들을 볼 수 있었다. 그래서 다시 기분이 좋아졌다.

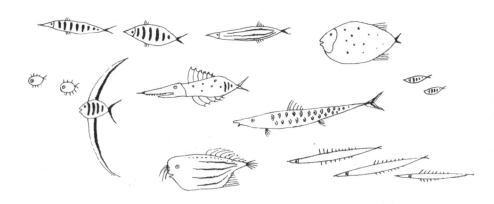

아프리카의 강에는 악어들이 우글우글하기 때문에 요나스는 물가를 따라 걸어가다 키가 큰 나무를 발견하자 얼른 기어 올라갔다. 그리고 나뭇가지 사이에 철사와 막대기를 사용하여 얼기설기 집을 지어 악어의 습격을 피했다. 그리고 낚싯줄에 매달린 고기를 악어가 덥석 물어 갈까 봐 늘 스라소니처럼 주위를 살폈다.

요나스는 원주민들과 함께 사파리로 가서 아프리카 초원의 온갖 동물들을 구경했다. 기린, 얼룩말, 영양. 한번은 초원의 풀이 바스락거리는 소리를 들었는데 아마도 사자 심바인 것 같았다.

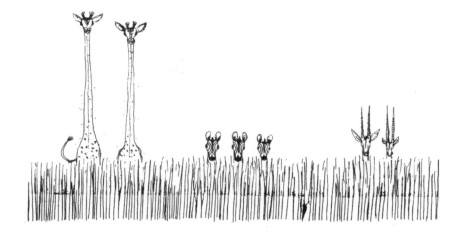

어느 날 요나스는 원주민들이 부르는 노래 속에서 물고기 왕의 이야기를 담은 가사를 들었다. 그래서 그들에게 물고기의 왕을 보았느냐고 물어 보았더니 원주민들은 물고기의 왕이 나일 강 검은 바위틈에 살고 있으며 비늘이 초록별처럼 빛나고 번쩍거린다고 말해 주었다. 요나스는 그 이야기를 듣자마자 당장 길을 떠나 사하라 사막을 건너 나일 강으로 향했다. 보아라! 그는 낚시꾼의 왕 요나스였고, 이제 곧 물고기의 왕을 잡게 될 것이다.

사하라 사막은 모래와 태양뿐이었다. 태양이 수천 개의 창으로 마구 찔러 댔다.

요나스는 검은 바위에서 나흘 동안 낚시를 했고 온갖 현란한 색깔의 물고기들을 잡았다. 하지만 그 중에서 빛나는 비늘을 가진 물고기는 없었다. 밤에 낚시를 하고 있다가 요나스는 물밑 바닥에서 번쩍이는 걸 보았다. 그 다음날 밤 낚싯줄이 팽팽해졌다. 순간 요나스는 물고기의 왕이 입질을 했다는 것을 예감했다. 확실히 큰 물고기였다. 낚싯줄을 잡아당기는 힘이 점차 세어졌고, 마침내 요나스는 낚싯대를 잡고 있기조차 힘들었다. 하지만 요나스는 힘을 늦추지 않았다. 낚싯줄을 팔에 휘감고 떡갈나무처럼 떡 버티고 서 있었다. 그러나 그 다음 순간 물 속에서 힘차게 '휙' 잡아당겼고, 요나스는 거꾸로 물 속으로 쳐박혔다. 절망적인 심정으로 버둥거리며 낚싯줄에서 벗어나려고 애써 보았다. 하지만 점점 더 깊이 강물 속으로 빨려 들어갔고, 물이 코와 입으로 밀려 들어왔다.

마침내 튼튼한 낚싯줄에서 벗어나 원주민들 손에 구조되는 순간 이미 요나스의 힘은 바닥이 나 있었다.

요나스는 사흘 동안 일어나지 못했다. 하지만 이제는 낚시꾼의 왕으로 임명된 사람에게도 한계가 있으며 깊은 물 속에는 인간이 낚아 올려서는 안 될 비밀이 숨어 있고, 그걸 어길 경우 목숨까지도 바쳐야 한다는 사실을 깨닫게 되었다.
요나스는 생각이 깊어졌고 골똘히 생각에 잠기기 시작했다.

그 직후 작고 검은 새 떼가 그들의 머리 위로 날아갔다.
"보불라 크추밤보 후" 원주민들이 소리쳤다. "찌르레기가 날아간다. 백인들이 살고 있는 북쪽으로 가는 거야."

　"유럽으로 가는구나." 요나스가 말했다. "독일로, 프랑스로. 해
마다 센 강과 라인 강이 추워지면 남쪽으로 날아왔다가 이제 다시
날아가는구나. 그럼, 유럽은 지금쯤 봄이겠구나. 파리의 센 강변에
봄이 찾아왔겠구나."

그 날부터 요나스는 슬픔에 잠겼다.

웃지도 않았고 말도 하지 않았다. 낚시를 하고 싶은 마음도, 밥을 먹고 싶은 생각도 들지 않았고, 시가도 피우지 않았다.

"요나스가 병이 들었나 봐. 찌르레기가 날아가는 걸 보고 나서 병이 들었어." 원주민들이 쑥덕거렸다.

"요나스가 마법에 걸렸어. 찌르레기가 날아가는 걸 보고 나서 마법에 걸렸어." 아낙네들이 쑥닥거렸다.

밤이면 요나스는 멍석 위에 누워 잠을 이루지 못했다. 원주민들의 북소리에 귀를 기울이며 혼자 중얼거리곤 했다.

"유럽은 지금 봄이겠구나. 파리에서는 낚시꾼들이 센 강변에 앉아 낚시를 하고 있겠지. 빨간 스카프를 목에 두르고. 파리의 태양은 낚시꾼들의 셔츠가 희끄무레해질 때까지 낚시꾼들의 등에 내리쬐겠지. 센은 푸르고 강가는 노랄 테지. 낚시꾼들은 낚싯바늘에 지렁이를 끼워 작은 물고기만 잡을 거야. 하지만 누구하고도 물고기를 바꾸지 않을 거야. 지금쯤 파리의 대주교는 대규모 낚시꾼 미사를 준비하고 있겠지."

어느 날 밤, 그날도 멍석에 누워 잠 못 이루고 있던 요나스는 낚시를 시작한 이후 두 번째로 옥구슬처럼 맑은 목소리가 자신을 부르는 소리를 들었다.

"봉쥬르, 요나스!" 밝은 목소리가 종소리처럼 울려 퍼졌다. "물고기는 무얼 먹지?"

"당연히 지렁이를 먹지." 요나스가 퉁명스럽게 대답했다.

"그럼 큰 물고기는?"

"큰 물고기는 작은 물고기를 잡아먹어!"

"그래, 아주 잘 아는데. 내가 누군지 기억해? 모르겠다고? 나는 작은 생각이야. 파리에서 마지막으로 봤었지. 센 강이 내려다보이는 너의 다락방, 낚시꾼 거리에 있는 두퐁 마담 집 4층에서 말이야. 벌써 7년이나 지났다니! 무슈 요나스! 그동안 참 멀리도 돌아다녔네. 어때, 좋았어?"

"아주 좋았어. 그동안 안 가 본 곳이 없었어. 프레리의 카우보이도 만났고, 인도에 가서 뱀 요술꾼도 만났고, 아프리카 초원에도 가 보았지. 그린란드 사냥꾼의 보라색 그림자도 보았고, 세상에서 제일 아름다운 여인에게 키스도 받았어. 그리고 중국 황제한테 초대를 받아 차도 같이 마셨지."

요나스가 잠시 쉬었다 말을 계속했다. "어디를 가나 좋았고, 어디를 가나 낚시를 했지. 이 세상 그 어떤 낚시꾼보다도 크고 아름다운 물고기를 많이 낚았어. 나는 낚시꾼의 왕이야."

"칫!" 작은 생각이 비웃었다. "낚시꾼의 왕이신 폐하께서 최근 나일 강에서 익사하실 뻔했다는 소문이 들리던데?"

"그건 실수였어. 발을 헛디뎌 떨어진 거야. 그래서 물에 빠진 거야. 낚시꾼이라면 누구에게나 일어날 수 있는 일이야."

작은 생각이 말했다. "흠!"

"유럽은 어때? 뭐 새로운 사건은 없어?" 요나스가 작은 생각에게 물었다. "새로운 소식이 있으면 들려줘."

"아!" 작은 생각이 흥분한 요나스를 달랬다. "너도 알잖아. 유럽에 새로운 일이 뭐 있겠어. 하긴 지금 그곳은 봄이니까 어린아이들이 도나우 강변의 아름다운 샘물 곁에서 놀고 있고, 볼가 강변에서는 얼음이 녹고, 베네치아에서는 보트에 칠을 하고 파리에서는 다시 낚시꾼들이 센 강변에 앉아 낚시를 하고 있겠지. 센 강은 푸르고 그 주변은 노랗고. 낚시꾼들은 목에 빨간 스카프를 두르고 파리의 태양은……"

"그만해. 제발 그만해." 요나스가 신음소리를 냈다. "내가 고향이 그리워 병이 났다는 걸 모르겠어? 파리로 돌아가지 않으면 죽을 것 같단 말이야." 요나스는 슬픈 얼굴을 한 채 눈물을 삼켰다.

"그럼 왜 가지 않아? 튼튼한 유럽식 비행기도 있겠다. 그냥 날아가면 되지?" 작은 생각이 무척 놀란 듯이 물었다.

"이 멍청아! 그들은 나를 원치 않아. 오히려 내가 센 강의 물고기를 다 잡아 버릴까 봐 두려워 해. 만약 그들이 날 본다면 에펠 탑으로 가서 사람들에게 이야기할 거야. '파리 시민들이여. 요나스가 다시 돌아왔습니다. 요나스가 센 강의 물고기를 다 잡아 버릴 겁니다.' 내가 부자가 되었으니 더 그럴 거야."

"하지만 넌 센 강의 물고기를 다 잡을 필요가 없잖아." 작은 생각
이 속삭였다. "지렁이만 미끼로 써서 작은 물고기만 잡아도 되잖
아. 새 스카프와 새 낚싯대를 장만하라고 낚시꾼들에게 돈을 나눠
줄 수도 있잖아."

"네가 그 사람들을 잘 몰라서 그래." 요나스가 이의를 제기했다.
"그들은 새 스카프도, 새 낚싯대도 원치 않아."

"히히히." 작은 생각이 킥킥거리며 말했다. "그럼, 대학생이나 채
소 가게 아줌마들한테 돈을 나눠 주면 되지." 작은 생각은 다시 한
번 킥킥거리더니 작별 인사를 건네고는 밤하늘로 날아가 버렸다.

"대학생과 채소 가게 아줌마라!" 요나스는 혼자 중얼거렸다. "그
들에게 말할 거야. '사랑하는 낚시꾼 여러분! 제가 돌아왔습니다.
저는 작은 물고기만 낚을 겁니다. 그리고 제 돈을 대학생과 채소
가게 아줌마들에게 나눠 주겠습니다. 여러분에게 먼 타국의 강 이
야기도 들려 드리겠습니다. 저도 함께 낚시를 할 수 있게 해 주십
시오. 낚시꾼 여러분!' 그래, 그렇게 말할 거야." 이렇게 말한 요나
스는 다시 기운을 찾았다.

그리고 삶은 닭을 3마리나 먹은 뒤 시가에 불을 붙여 물고는 비행기를 닦기 시작했다. 요나스는 원주민들에게 작별 인사를 고한 뒤에 유럽으로 날아갔다.

　파리에 도착하자마자 요나스는 센 강으로 달려가 낚시꾼들에게
말했다. "사랑하는 낚시꾼 여러분! 제가 돌아왔습니다. 저는 작은
물고기만 낚을 겁니다. 그리고 제 돈을 대학생과 채소 가게 아줌마
들에게 나눠 주겠습니다. 여러분에게 먼 타국의 강 이야기도 들려
드리겠습니다. 저도 함께 낚시를 할 수 있게 해 주십시오. 파리의
낚시꾼 여러분!"

요나스가 그렇게 말하자 낚시꾼들은 아주 친절해졌다. 그들은 요나스에게 이렇게 말했다. "당신이 다시 여기로 와서 작은 물고기만 잡겠다고 약속하고, 거기에다 대학생과 채소 가게 아줌마들에게 돈을 나눠 주겠다고 하니 진심으로 환영이오."

그들은 물고기를 몸에 두르고 요나스를 들어올린 후 낚싯대 위에 태워 에펠 탑으로 데려갔다.

에펠 탑에 도착하자 낚시꾼들이 사람들에게 말했다.

"파리 시민 여러분. 요나스가 돌아왔습니다. 이제 작은 물고기만 잡겠다고 약속했습니다. 그리고 대학생들과 채소 가게 아줌마들에게 돈을 나눠 주겠다고 합니다. 그뿐만이 아닙니다. 요나스가 세계 여러 나라를 여행하면서 겪었던 이야기와 무엇보다 많은 나라의 강 이야기도 들려 주겠답니다."

"브라보! 요나스가 돌아왔다. 우리의 요나스가 돌아왔다." 모두들 너도나도 신이 나서 외쳤고 기쁜 나머지 흥분하여 팔과 낚싯대를 허공에 흔들면서 요나스가 7년 만에 다시 그들 곁으로 돌아왔다는 것을 만인에게 알렸다.

대규모 낚시꾼 미사에서 파리의 대주교는 돌아온 탕아를 주제로 설교를 했다.

그렇게 하여 낚시꾼 요나스는 다시 센 강변에 앉아 작은 물고기를 낚았다. 그는 낚시꾼 거리의 늙은 두퐁 마담 집 4층 다락방에 살았다. 다락방에선 센 강이 내려다 보였고, 요나스는 아주 행복했다. 이젠 큰 물고기 꿈을 꾸지 않았고, 프레리의 카우보이와 중국의 황제, 나일 강에 살고 있는 물고기 왕과는 멀리 떨어진 곳에서 살았다.

파리의 센 강변에선 언제나 낚시꾼들이 모여 앉아 낚시를 한대.

센 강은 푸르고 그 강변은 노랗지. 낚시꾼들은 목에 붉은 스카프를 두르고 있어. 파리의 태양이 낚시꾼들의 등에 어찌나 내리 쬐는지 낚시꾼들의 셔츠는 햇빛에 바래 방금 나온 신문처럼 희끄무레하게 변해 버리고 말아. 하지만 뭐니 뭐니 해도 가장 중요한 건 역시 센 강변의 고요한 분위기야! 낚시꾼들은 시계를 센 강 속에 던져 버렸어. 센 강변에 있으면 시간이 멈추기 때문이지. 도시는 거대한 은빛 강물 속에 잠기고 물결과 낚싯줄의 실 사이에서의 공화국이 시작된다지.

파리의 낚시꾼들은 작은 물고기만 잡아. 그리고 아무하고도 잡은 물고기를 바꾸지 않아. 파리의 낚시꾼들은 말이야.

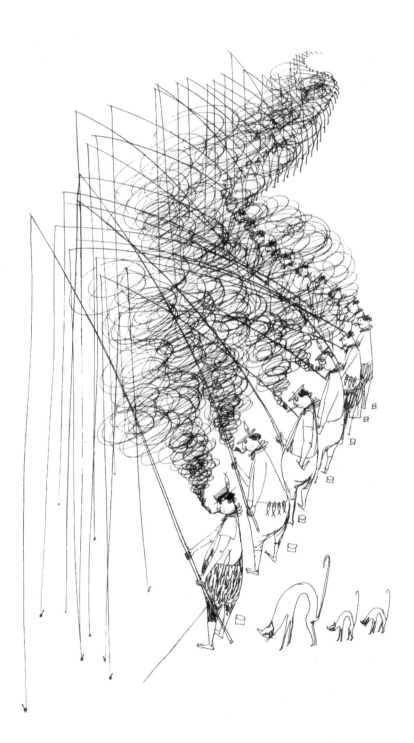

책을 옮기고 나서

"파리 이야기 하나 들려줘."
그녀가 내게 말했다.
"에펠 탑과 센 강이 나오는 이야기가 나는 제일 좋아."
(그녀는 지금 에펠 탑과 센 강이 그려진 실크 스카프를 하고 있다.)
좋아, 그러지. 한 번도 파리에 가 본 적은 없지만. 옛날, 옛날에 말이야…….

"옛날 요나스라는 이름의 낚시꾼이 있었다. 요나스는 세상 그 무엇보다도 낚시를 좋아했다……."

이렇게 시작하는 라이너 침닉의 그림이 있는 동화 〈낚시꾼 요나스〉는 정말 낚시꾼 요나스의 이야기다.

라이너 침닉을 알게 된 건 한 지인을 통해서였다. 일본어 판을 보았는데 그림이 너무 좋아 독일어 원본을 보고 싶으니 구해 달라는 부탁을 받았던 것이다.

그렇게 해서 알게 된 침닉의 작품들은 80년대 대학 시절에 많이 읽고 감동에 겨워했던, 사회적 모순의 정곡을 파헤치는 풍자 소설의 예리함과, 사람 사는 것이 흑과 백으로 딱 잘라 나뉠 수 없으며 논리나 지성보다는 따뜻한 가슴이 더 오래, 더 많이 사람을 감동시킬 수 있다는, 나이가 들면서 비로소 가슴 절절하게 동감하고 있는 깨달음을 모두 담고 있었다.

〈낚시꾼 요나스〉보다 조금 먼저 우리나라에 소개된 〈크레인〉이나 잠시 후 우리 곁을 찾아 올 〈기계〉의 경우 그런 두 메시지가 화선지에 먹물 스며들 듯 온전히 하나로 어우러진 가장 대표적인 작품일 것이다.

〈낚시꾼 요나스〉에는 그런 가슴이 쿵 하고 떨어지는 순간의 깨우침이나 속이 시원한 풍자의 맛은 없다. 인중이 길어 선해 보이는 한 낚시꾼이 긴 낚싯대를 들고 우리를 빤히 쳐다보고 있는 모습을 보며 사회 모순이나 부조리를 파헤치는 전사를 기대할 독자도 없을 것이다. 대신 〈낚시꾼 요나스〉에는 주어진 것에 감사하며 살아가는, 가난하지만 행복한 우리의 이웃이 있다.

평생 단 한 번이라도 큰 물고기를 잡고 싶다는, 낚시꾼이면 품을

만한 원대한 꿈을 꾸던 요나스는 초라한 셋방에서 센 강을 내려다 보는 것만으로 행복한 사람이었다. 많은 우여곡절 끝에 온 세상을 두루 돌아다니며 많은 돈을 벌고 융숭한 대접도 받았지만 그의 관심은 오로지 하루하루 아무 일없이 평화롭게 살 수 있는 고향 센 강을 향해 있었다. 그래서인지 책 장을 넘기는 내내 입가에 흐뭇한 미소를 머금게 만들고 가슴을 훈훈하게 만들어 주고 있다.

세월이 갈수록 행복이란 아주 자잘한 일상 속에 있다는 느낌이 들기에, 삶이 아름다운 건 큰 이념과 야망이 이루어지는 순간이 아니라 내 곁에 있는 것들이 얼마나 소중한 것이가를 깨닫게 되는 순간 덕분이라는 생각이 든다. 따라서 요나스처럼 우직하게, 요나스처럼 순박하게, 요나스처럼 단순하게 살 수 있기를 꿈꾸게 되는 것이다.

〈낚시꾼 요나스〉는 그림이 참으로 시원시원하다. 침닉의 동화들을 처음 접하게 되는 사람이라면 누구나 그 신선하고 독특한 그림에 한 번 더 눈길이 가겠지만 〈낚시꾼 요나스〉는 침닉의 동화들 중에서도 특히나 선을 강조한 작품이다.

요나스의 직업이 낚시꾼이라 낚싯대가 필수품일 테고 또 낚싯대라는 것이 가는 낚싯줄이 필요한 물건이다 보니 간결한 선으로 처리해야 마땅하겠지만 낚싯대를 들고 서 있는 우리의 요나스 역시 그 순박하고 우직한 표정이 너무나 섬세하게 처리되어 당장이라도 묵직해 보이는 입을 열어 "안녕하세요!" 하고 인사라도 건

넬 것 같다.

고향을 그리워하는 요나스의 마음이 더욱 애틋하게 다가오는 것도 아마 세밀하면서도 사람 냄새를 잃지 않은 요나스의 정겨운 모습 때문이 아닐까 한다. 요나스의 낚싯바늘을 물고 곧 큰 물고기에 잡혀 먹을 불행한 운명에 처한 작은 물고기들마저 금방이라도 고개를 돌려 입을 벙긋거리며 웃을 듯하면서도, 요나스를 미워했다 좋아했다 하는 것만 같았다. 이뿐만이 아니다. 변덕이 심한 요나스의 낚시꾼 친구들은 엉덩이를 어찌나 강조했는지 금방이라도 바지가 벗겨 질 듯했다.

척 보면 "아, 침닉의 그림이구나!"를 알 수 있는 침닉만의 특징 중 또 하나가, 우리의 요나스가 (그리고 침닉이) 좋아하는 연기의 터치다. 담배 연기에서부터, 작은 증기선의 연기, 큰 포경선의 연기에 이르기까지 침닉의 작품에 등장하는 연기는 모두 바비 인형의 머리카락을 마구 헝클어 놓은 재미있는 모습을 하고 있다. 어찌 보면 유치원에도 들어가지 않은 어린 꼬마의 걸작같이 보이기도 해서 더욱 정이 간다.

정겹고 따뜻한 동화. 〈낚시꾼 요나스〉는 그런 동화다. 읽어서 마음 흐뭇하고, 보아서 미소지을 수 있는, 곁에 두고 기분이 울적할 때마다 위안이 되어 줄 수 있는 그런 동화다. 추운 겨울 낚싯대를 들고 한강으로 달려가서 팬스리 바늘 없는 가짜 낚시라도 하고 싶은, 그래도 나한테 잡히는 바보 같은 물고기가 있으면 "잘

살아라!" 하며 모두 놓아 주고 돌아오고 싶은 마음이 울컥 치밀게
하는 동화인 것이다. 김이 모락모락 피어 오르는 호빵 같은 동화
〈낚시꾼 요나스〉가 여러분의 겨울을 녹이는 따뜻한 선물이 되었
으면 한다.

2002년 12월 겨울에

장혜경

라이너 칭닉의 약력과 작품

주요 약력

1930년 오버슐레지엔의 보이텐에서 태어났다. 아버지는 공무원이었고 네 명의 형제자매가 있다.

1934 ~ 37년 흑판에 분필로 수 없이 많은 그림을 그렸다. (물론 지금까지 남아있는 작품은 하나도 없다. 그리고 나면 금방 손바닥으로 쓱쓱 지워버렸으니까.)

1936 ~ 44년 유치원, 초등학교, 고등학교를 다니다.

1945년 니더바이에른의 란츠후트로 이사하다. 목공 공부를 시작하다. 1948년에 기능사 시험을 마치다.

1952 ~ 57년 뮌헨 조형 예술 아카데미에서 공부를 마치고 프리랜서로 활동하다.

1956년 그간의 작품활동으로 독일산업협회에서 수여하는 장려상을 받다.

1958년 주 수도 뮌헨에서 수여하는 장려상을 받다.

1961년 로마 빌라 마시모의 장학금을 받다.

1987년 니더작센 주 슐레지엔 문화상의 장학금을 받다. 잘츠부르크 여름 아카데미에서 학생들을 가르치다.

작품 연보

1954년 첫 작품들 〈과녁 맞추기 선수 크사버〉 〈낚시꾼 요나스〉 〈곰과 사람들〉(글과 그림을 직접 쓰고 그린 시적이고 풍자적인 그림 이야기)이 세상에 나오다. 그 이후 여러 작품이 쏟아져 나왔다. 〈크레인〉 〈북치는 사람들〉 〈어린 백만장자〉 〈아우구스투스와 기관차들의 발라드〉 〈다니엘 J. 쿠퍼먼스 교수의 발견과 눈 사람 연구〉 〈기계들〉 모두 TV 시리즈로 방송되었으며, 14개 언어로 번역되었다.

1958년 ~ 64년 TV 시리즈 〈렉트로〉 방영.

1961년 ~ 85년 TV 시리즈 〈세바스티안 그산글〉 방영.

1988년 TV 시리즈 〈나무의 전설〉 방영.

1972년부터 프리랜서 그래픽 화가 및 직업 화가로 역작 〈겨울 스케치〉
와 〈여성의 장식들〉을 탄생시켰다. 국내외 여러 도시에서 전시회를 열었고,
그 중에서 1985년 뮌헨 시립 박물관에서 개최한 제1회 회고전과 1988년
레게스부르크 동독 갤러리 박물관에서 개최한 회고전이 손꼽힌다.

현재 라이너 침닉은 뮌헨에서 살고 있다.

장혜경

연세대학교 독어독문학과를 졸업했으며, 같은 대학 대학원
박사과정 수료. 독일학술교류처 장학생으로 독일 하노버에서 공부했다.
현재 전문 번역가로서도 활발하게 활동중이다. 역서로는 루이제 린저의
〈아벨라르의 사랑〉〈운명〉〈은의 죄〉가 있으며, 헤르만 헤세의 〈잃어버린 나를
찾아서〉와 라이너 마리아 릴케의 〈누구나 혼자입니다〉를 비롯
〈사랑, 그 딜레마의 역사〉〈오디세이 3000〉〈아이의 마음에서 시작하는 육아〉
〈피의 문화사〉〈소유와의 이별〉 등이 있다.

낚시꾼 요나스

초판 1쇄 인쇄 | 2003년 1월 6일
초판 1쇄 발행 | 2003년 1월 13일

지은이 | 라이너 침닉
옮긴이 | 장혜경

펴낸이 | 한익수
펴낸곳 | 도서출판 큰나무

기획 | 유연화
편집 | 성효영, 김미진
관리 | 조은정
마케팅 | 한성호

등록 | 1993년 11월 30일(제5-396호)
주소 | 120-837 서울시 서대문구 충정로 3가 3-95 2층
전화 | (02) 365-1845~6
팩스 | (02) 365-1847

이메일 | btreepub@chol.com
홈페이지 | www.bigtreepub.co.kr

값 7,000 원
ISBN 89-7891-148-X   03850